L n $^{27}/_{16408}$.

NOTICE

SUR

J. B. POIDEBARD,

RÉDIGEE

Par M. C. B. D. L.,

DES ACADÉMIES DE LYON ET DE DIJON.

LYON,

IMPRIMERIE DE J. M. BARRET, PLACE DES TERREAUX.

M. DCCC XXVI.

NOTICE

SUR

J. B. POIDEBARD.

———————◆———————

Jean Baptiste Poidebard, mécanicien célèbre, né à
St-Etienne, en Forez (Loire), et cousin-germain
du manufacturier du même nom, si connu dans notre
ville par ses belles expériences et ses succès dans l'art
d'élever les vers à soie, est décédé à St-Pétersbourg,
le 6 mars 1824, âgé d'environ 61 ans. Il avait commencé ses études au collége de Beaujeu et fait sa philosophie au séminaire de St-Irénée de Lyon, tenu par
les Sulpiciens et aggrégé à l'université de Valence, où
il se fit ensuite graduer. Vers 1785 ou 1786, il rem-
plit, dans ce même séminaire de St-Irénée, la chaire
de mathématiques, fonction qui lui fut confiée malgré
son extrême jeunesse et par une exception des plus
honorables: car l'usage des Sulpiciens était de prendre
leurs professeurs de philosophie parmi les élèves de leur
maison de Paris. Jean Baptiste Poidebard se dis-
tingua dans le poste où il était placé ; il compta au
nombre de ses disciples plusieurs hommes qui depuis
se sont fait remarquer par des talens, ou par le rang
qu'ils ont occupé ou qu'ils occupent encore dans le

monde (1). Dans le commencement de la révolution, il
fut nommé curé à Myons, en Dauphiné, où M. Imbert-
Colomès possédait une maison de campagne. Une liaison
intime s'établit bientôt entre lui et M. Imbert, et lorsque
celui-ci partit pour la Russie, l'abbé Poidebard l'y ac-
compagna, et, par un enchaînement de circonstances
impérieuses, il y est resté jusqu'à sa mort. C'est là
qu'en qualité d'ingénieur-mécanicien au service du
Czar, il s'est livré à des travaux qui lui ont acquis une
haute et juste réputation de savoir et d'habileté. Il a
inventé ou perfectionné plusieurs procédés et plusieurs
machines. Un nouveau moyen qu'il imagina pour la re-
morque des bateaux fut par lui mis en œuvre sur le
Wolga (2), et épargna annuellement l'emploi de plus
de 160,000 hommes, ainsi que cela fut officiellement
constaté. On lui dut aussi la découverte du ciment qui
servit en 1799 à la construction du moulin de Morchansk,
gouvernement de Tambof, etc. (3) Il se vit placé à la
tête d'une foule d'autres entreprises qui avaient égale-
ment pour but l'amélioration et les progrès des fabriques
et des manufactures, et qui enrichirent le pays et les
personnes qui eurent recours à ses lumières et à ses vastes

(1) Tels que MM. Camille Jordan, de Gérando, Ravez, Couppier,
conseiller à la cour royale de Lyon et député du Rhône à la chambre
législative, Idt, professeur au collége royal de Lyon, etc. Nous ne
citons ces noms que pour rappeler un souvenir contemporain : ce
n'est point par des travaux dans les sciences dont M. l'abbé Poidebard leur donna des leçons, que les personnes que nous venons de
désigner ont obtenu la renommée dont elles jouissent.

(2) Voy. *Revue encyclopédique*, tome XXIX, pag. 314.

(3) L'abbé Poidebard a fait un grand nombre de rapports aux mi-
nistres russes, pour des objets d'utilité publique sur lesquels le gouvernement le consultait. Nous avons vu la copie de l'un de ces mé-
moires, rédigé en 1808, sur la formation du sel dans le lac Jelton.

connaissances ; il forma enfin un grand nombre d'élèves
et d'ouvriers en tout genre. La Russie lui a beaucoup
d'obligations sous ces divers rapports ; mais il n'a été
payé que d'ingratitude, et, par un sort commun à
presque tous les bienfaiteurs de l'humanité, il est mort
dans un état voisin de l'indigence, après avoir essuyé tous
les dégoûts et tous les désagrémens que peuvent exciter
l'envie, la jalousie, l'intrigue et l'oubli des services rendus.
Il perdit un temps précieux à solliciter auprès des auto-
rités et de quelques particuliers l'exécution des promesses
qui lui avaient été faites, et ne put obtenir ni la juste ré-
compense de ses peines, ni même le remboursement de
ses avances qui étaient considérables (1). Ce ne fut ce-
pendant pas sa propre détresse qui l'affligea le plus : il
aurait opposé à l'infortune une résignation parfaite, s'il
en eût été la seule victime, mais il avait, en quelque
sorte, adopté les enfans d'un compatriote qui, arrivé
avec lui en Russie, les avait recommandés en mourant
à sa généreuse amitié, et il a eu l'extrême douleur de
les laisser dans le dénûment. Les consolations de la re-
ligion qu'il avait aimée et pratiquée toute sa vie et qu'il
appela plus spécialement à son secours dans les attaques
de l'adversité et à l'approche de la mort, furent seules
capables d'apporter quelque adoucissement à l'amertume
de ses regrets.

Malgré la distance des lieux, le rare mérite de l'abbé

---

(1) Une lettre écrite à sa famille, annonce qu'en mourant il laissait
en suspens un procès avec le général Kutusoff, dont la décision
pourrait valoir à sa succession *plusieurs centaines de milliers de
roubles*; mais qu'il fallait, pour venir à bout de les récupérer, beaucoup de temps, beaucoup d'argent, des protecteurs et la connaissance
de la manière dont les affaires contentieuses se poursuivent dans le
pays.

Poidebard ne resta point ignoré en France, où les divers gouvernemens qui se sont succédé tâchèrent de le rappeler par l'appât des offres les plus avantageuses. Il reçut à St-Pétersbourg un diplôme de membre de la société d'encouragement pour l'industrie nationale française. On a trouvé parmi ses papiers la copie d'une lettre adressée, le 23 fructidor an XI, par Fouché, alors ministre de la police générale de la république, au général Hédouville, ministre plénipotentiaire de France près l'empereur de Russie, et ainsi conçue :

« Je suis informé, citoyen général, que le citoyen J. B. Poidebard, natif de St-Etienne, artiste mécanicien très-distingué, jadis professeur de physique et de mathématiques, est maintenant en Russie et désire rentrer en France ; mais qu'il a entrepris, pour divers particuliers, des machines, constructions et établissemens de manufactures qu'il ne pourrait abandonner sans manquer à ses engagemens.

» L'intention du gouvernement est de conserver à la France et de rappeler dans son sein tous les hommes dont le mérite et les talens sont utiles à sa gloire et à sa prospérité.

» Pour concilier ce qu'exige l'intérêt national avec les engagemens que le citoyen Poidebard a contractés en Russie, je vous invite, citoyen général, à faire donner avis à cet artiste que le gouvernement lui accorde un délai de six mois, pour profiter de la liberté de rentrer en France. Après ce délai expiré, vous voudrez bien lui faire délivrer un passe-port qui sera pour lui le gage non équivoque de la protection que le gouvernement actuel accorde aux arts et aux sciences (1). »

_____

(1) On nous a pareillement communiqué les deux certificats suivans, dont le premier fait connaître le motif respectable qui retint

Cette lettre, si honorable pour celui qui en était l'objet, prouve que l'abbé Poidebard nourrissait l'espérance de venir terminer sa carrière dans sa patrie, qu'il avait peut-être demandé lui-même qu'on lui procurât les moyens d'y rentrer, et qu'il voulait consacrer à son pays ses derniers travaux : sa correspondance avec sa famille, dont on a bien voulu mettre sous nos yeux quelques fragmens, en offre de nouvelles preuves. On y voit le bon citoyen, l'excellent patriote, aussi bien que le bon parent. « Je n'ai pas oublié ma patrie, écrivait-il

---

l'abbé Poidebard en Russie ; et dont le second atteste les sentimens véritablement français dont il était animé, et qui l'avaient déterminé à fuir hors du royaume :

« Je soussigné, général de division, ministre plénipotentiaire de la république française en Russie, certifie que M. Poidebard, ingénieur-mécanicien, ci-devant professeur de mathématiques et de physique, à Lyon, a été nommé membre de la société d'encouragement pour l'industrie nationale française ; que ses talens connus en mécanique ont fait désirer sa rentrée en France, désir auquel il m'a déclaré ne pouvoir satisfaire tant qu'il n'aurait pas rempli les engagemens qu'il a contractés en Russie pour différentes entreprises. En foi de quoi je lui ai délivré le présent certificat.

A St-Pétersbourg, le 15 germinal an XII.

Signé T. HÉDOUVILLE. »

« Louis-Stanislas-Xavier de France, fils de France, oncle du roi, régent du royaume,

Certifions que le sieur Poidebard, artiste mécanicien français, est resté fidèle au roi et à la monarchie française.

En conséquence avons fait expédier audit sieur Poidebard le présent certificat que nous avons signé de notre main, et auquel nous avons fait apposer le cachet de nos armes, afin qu'il lui serve de passe-port. Donné à Turin, le 5 février 1794.

Signé LOUIS-STANISLAS-XAVIER. Par MONSIEUR, régent de France, *Signé* PRESLE. »

en 1818 , et surtout notre bonne ville de St-Etienne ,
dont je trouve qu'on pourrait faire un Birmingham
et un Manchester. J'ai beaucoup de projets d'une haute
importance pour cette ville , comme pour toute la
France , en général , qui me paraît plus arriérée dans
les grands établissemens qu'on ne le croit : ce qui a été
le sujet , dans le temps , d'une longue discussion épis-
tolaire que j'ai eue avec votre ci-devant ministre de
l'intérieur , Chaptal , qui m'avait envoyé un programme
de perfectionnemens auxquels il m'invitait à concourir.
Outre que les usines et les moulins de St-Etienne et
des environs sont dans un mauvais système , et qu'on
gagnerait beaucoup à les refaire sur de meilleurs plans ,
j'avais le projet de faire de cette ville , aussi riche par
le génie de ses habitans , si l'on sait le diriger , que par ses
ressources naturelles , le centre et l'entrepôt d'une communication entre le Rhône et la Loire , communication à la-
quelle les dispositions locales et les eaux , qui me sont bien
connues , se prêtent merveilleusement. Par cet entrepôt ,
la ville s'enrichirait du passage en revue des productions
des deux mers et de deux énormes portions de la France ,
dont les intérêts , séparés jusqu'à ce jour , deviendraient
communs. Sans les affreuses déroutes que j'ai éprou-
vées , j'aurais été en état d'entreprendre ce grand projet ,
seul , à mes propres frais , et je serais en ce moment
sur les lieux , où probablement je l'aurais déjà commencé.

» ..... Si les esprits étaient assez d'accord en France
pour le bien commun , et si je pouvais y faire entendre
ma voix , je pourrais , en général , dans toutes ses provinces , réformer la majeure partie de ses établissemens
d'industrie de première nécessité et de commerce en trois
ou quatre ans , et lui donner en ce point , sur les autres

états, la supériorité qu'elle a , selon moi , tous les moyens d'acquérir. Dans quelques provinces , on a sacrifié l'utile à l'ingénieux ; dans d'autres , le préjugé d'habitude héréditaire a fait laisser les établissemens d'industrie dans l'état où ils étaient lors de leur création en des temps moins éclairés ; et il n'en est aucune où les établissemens les plus importans à la prospérité publique aient atteint le point de *maximum* d'effet et de perfection de service dont ils sont susceptibles.... »

Un tel langage pourrait paraître présomptueux, si l'abbé Poidebard n'avait pas fait ses preuves : en tout cas, il signale l'ardent amour du pays qui, comme nous l'avons dit, remplissait son cœur. Estimable sous ce rapport, comme sous celui de l'étendue de ses connaissances, l'abbé Poidebard ne l'était pas moins par les autres qualités sociales qui rendent un homme aimable et le font rechercher dans le monde : il avait un caractère droit et loyal ; il joignait à une franchise sans rudesse une gaîté vive et naturelle qui ne l'abandonna jamais entièrement, pas même au milieu de ses revers.

Les entreprises dont il a jeté les fondemens, celles qu'il a exécutées, ses inventions et ses découvertes, l'instruction et les lumières qu'il a répandues dans la Russie, y feront vivre long-temps sa mémoire. Immédiatement après son décès, une souscription y fut ouverte pour lui élever un monument. Nous ignorons si ce projet a eu quelque suite ; mais ce que nous savons, c'est que les feuilles publiques de St-Pétersbourg annoncèrent la mort de l'abbé Poidebard comme un très-grand malheur, et qu'elles rendirent un éclatant témoignage à ses talens, ainsi qu'à ses vertus. Nous avons puisé dans une de ces feuilles, le *Conservateur impartial* du 29 février (12 mars) 1824, quelques-uns des détails qu'on vient de lire. En France, la *Revue encyclopédique* (tom. XXX, pag. 564) est le seul journal que nous connaissions, qui ait payé à cet homme utile, à ce savant profond et vraiment distingué, un juste tribut d'hommages et de regrets. M. Mahul ne lui a point accordé de place dans son *Annuaire nécrologique pour* 1824; mais le biographe consciencieux réparera sans doute dans un supplément, à la suite du volume pour 1825 qu'il doit bientôt publier, cette omission involontaire que nous nous empressons de lui indiquer. Puisse, quant à présent, la notice que nous traçons rapidement ici, ne paraître point trop indigne de celui qui en est le sujet, d'un homme que la France, qu'une province qui nous avoisine et fut long-temps unie à la nôtre par les liens d'une administration commune, se glorifient d'avoir vu naître, tout en regrettant que nos discordes fatales l'aient contraint d'aller porter sur une terre étrangère le fruit de ses méditations et de ses études qui appartenaient de droit à sa patrie, et qu'il eût mis son bonheur à lui consacrer !